LES AVENTURES DE GULLIVER À LILLIPUT

d'après Jonathan Swift

Illustrations de
Gennady Spirin

Texte de Ann Keay Beneduce

Adaptation française de Françoise Rose

GAUTIER-LANGUEREAU

A mes fils Ilya, Gennady et Andrei
G.S.

Publié pour la première fois en 1993
par Philomel Books, New York, sous le titre
GULLIVER'S ADVENTURES IN LILLIPUT.

Dépôt légal n°5705 - Mars 1995
ISBN 2.01.390422.3
Loi n°49.956 du 16 juillet 1949
sur les publications destinées à la jeunesse.

Imprimé chez Jean-Lamour à Maxéville.

Par un beau matin de mai, en l'an 1699, le jeune docteur Lemuel Gulliver dit adieu à sa femme et à ses enfants et s'embarqua sur *L'Antilope,* à destination des Indes orientales. Gulliver avait depuis toujours le goût de l'aventure et, lorsqu'on lui avait offert le poste de chirurgien du bord, il avait immédiatement accepté.

Pendant plusieurs semaines, tout se passa bien. Mais, quelque part au nord de la Terre de Van Diemen, une terrible tempête se leva. Battue par le vent et les vagues, *L'Antilope* se brisa contre un rocher et coula. Gulliver et six des matelots mirent une chaloupe à la mer, mais l'embarcation, malmenée par les flots déchaînés, ne tarda pas à se renverser .

Ce qu'il advint des hommes d'équipage, nul ne le sait ; mais Gulliver réussit à nager jusqu'au rivage. Là, épuisé, il sombra aussitôt dans un profond sommeil.

Mais laissons Gulliver vous raconter lui-même ce qui arriva par la suite...

Je dus dormir longtemps, car le soleil était haut dans le ciel lorsque je m'éveillai. Je voulus me lever, mais je m'aperçus que je ne pouvais faire le moindre mouvement. Mes mains, mes pieds et même mes cheveux semblaient fixés au sol. Puis, horrifié, je sentis un petit animal ramper le long de ma jambe gauche et grimper sur ma poitrine. Soulevant la tête avec difficulté, je vis alors une minuscule créature humaine pas plus grosse qu'un doigt. Elle était suivie d'une quarantaine d'autres de la même espèce.

Je fus tellement surpris que je poussai un rugissement. Les petits êtres s'enfuirent, épouvantés. Mais ils revinrent bien vite et l'un d'eux s'approcha jusqu'à avoir une vue complète de mon visage.

« *Hekinah degul !* » s’écria-t-il. J’avais étudié plusieurs langues étrangères, mais je ne compris pas le sens de ces mots.

En tirant violemment sur mes liens, je parvins à rompre ceux qui retenaient ma main gauche. J’essayai alors de saisir quelques-unes des petites créatures, mais elles s’échappèrent, et l’une d’elles s’exclama : « *Tolgo phonac !* ». En un instant, ma main gauche et mon visage furent percés de centaines de flèches minuscules. Je décidai de ne pas mécontenter davantage mes geôliers, et restai immobile en réfléchissant à la manière dont je pourrais les convaincre de me libérer.

Au bout d'un moment, j'entendis des coups de marteau près de mon oreille droite, et la rumeur d'une foule immense. Tournant la tête autant que je le pus, je vis certains des petits hommes occupés à construire une tour d'un pied et demi de haut. Puis l'un de ces êtres bizarres, qui semblait être un personnage important, monta sur cet échafaudage et m'adressa un long discours auquel je ne compris rien. Il répéta à plusieurs reprises le mot *« Lilliput »* et je présumai toutefois que ce devait être le nom du lieu où je me trouvais. Comme il avait l'air amical, je pointai un doigt vers ma bouche pour lui montrer que j'avais grand-faim. Bientôt, une centaine d'indigènes dressèrent des échelles contre mes flancs et se dirigèrent vers ma bouche, chargés de paniers emplis de nourriture : gigots d'agneau, longes de bœufs, dindes rôties. Tous ces mets étaient délicieux, mais si petits que j'en avalais trois en moins d'une bouchée.

Puis quelqu'un cria : *« Peplum selam »* et l'on détendit mes liens, de sorte que je pus me tourner sur le côté. Je m'assoupis aussitôt. J'appris par la suite que les médecins avaient mélangé une potion soporifique à mes aliments.

Pendant ce temps, les charpentiers construisirent une sorte de chariot pour me transporter jusqu'à Mildendo, la capitale de Lilliput. C'était une tâche colossale, mais ces gens sont fort ingénieux. D'abord, ils fabriquèrent une immense plate-forme en bois montée sur vingt-deux petites roues. Puis il leur fallut me hisser dessus, grâce à un système compliqué de poulies et de mâts. Pendant toute l'opération, je dormis à poings fermés, et ne me réveillai que lorsque le chariot s'ébranla.

Nous arrivâmes à Mildendo le lendemain vers midi. Le véhicule s'arrêta devant un temple antique, le plus vaste édifice du royaume. Il ne servait plus de lieu de culte, et on me l'attribua pour logement. La grande porte nord avait près de quatre pieds de haut, et je pus aisément la franchir à quatre pattes après que l'on eut coupé toutes les cordes qui m'entravaient. A travers l'une des fenêtres, l'on fit alors passer des chaînes que l'on enroula à ma cheville gauche et que l'on fixa avec des cadenas.

La foule cria de stupeur lorsque je me levai. Une fois debout, je regardai autour de moi : jamais je n'avais contemplé spectacle plus enchanteur. Les champs clos de murs sur ma droite étaient autant de petits jardins ; et sur ma gauche, la ville de Mildendo ressemblait à un village de poupée. L'empereur de Lilliput était descendu de sa tour, et s'avançait vers moi à cheval, lorsque sa monture se cabra soudain.

Heureusement, l'empereur est un excellent cavalier, et il resta en selle jusqu'à ce que l'un de ses serviteurs s'emparât de la bride. Il mit alors pied à terre et m'examina sous tous les angles avec une attention bienveillante. Je m'étendis sur le côté de façon à mieux le voir. Brandissant son épée pour se défendre contre moi si besoin était, il me parla d'une voix claire. Je lui répondis de mon mieux, mais, bien sûr, aucun de nous deux ne comprenait un mot du langage de l'autre !

Au bout d'un moment, l'empereur et sa cour se retirèrent. On me laissa une forte garde pour me protéger de ceux qui, parmi la foule, chercheraient à me nuire. Malgré cela, certains impudents me lancèrent des flèches, dont l'une manqua me crever l'œil gauche. Six de ces gredins furent arrêtés et ligotés, et le colonel me les remit afin que je les châtie comme bon me semblerait. Je les pris tous dans ma main droite, en fourrai cinq dans la poche de mon habit, puis, en manière de plaisanterie, fis mine de manger le sixième ! Mais je lui démontrai vite qu'il n'avait rien à craindre, en tranchant ses liens avant de le déposer sur le sol. Je libérai ensuite les autres, et constatai que le colonel et ses soldats étaient touchés par ma bonté.

Cette nuit-là, et pendant les deux semaines qui suivirent, je dormis sur le sol de pierre du temple, dur et froid. Puis, sur ordre de l'empereur, on me confectionna un matelas de plume. Pour cela, on cousit ensemble six cents matelas de taille normale; on procéda de la même manière pour les draps et les couvertures. Ensuite, on engagea trois cents tailleurs pour me couper un costume à la mode de Lilliput.

L'empereur semblait bien disposé envers moi. Il venait me voir tous les jours, et avait engagé six des plus grands savants de Lilliput pour m'enseigner leur langue. Je ne tardai pas à la parler couramment. Mais, en dépit de toutes ces faveurs, je n'en demeurais pas moins prisonnier. Ma jambe gauche restait solidement enchaînée au mur du temple. J'implorai l'empereur de me libérer, mais il me dit que je devrais être patient.

Lors d'une de ses visites, l'empereur amena avec lui deux officiers, à qui il ordonna de me fouiller. Il m'était difficile de refuser.

Quand les officiers eurent dressé la liste de mes possessions, l'empereur me demanda de lui remettre tous ces objets. Il s'exprimait fort poliment, comme toujours — mais j'étais encerclé par trois mille de ses soldats, prêts à me cribler de flèches si je n'obéissais pas ! Je commençai par dégainer mon sabre, caché sous mon gilet. Quand le soleil étincela sur sa lame, un cri de terreur et de surprise monta parmi les rangs. Puis je sortis ce que les deux inspecteurs décrivaient comme « deux piliers creux en fer ».

Il s'agissait, bien sûr, de mes pistolets. J'en chargeai un à poudre, mais pas à balle, de manière à ne blesser personne. Puis je tirai en l'air. Des centaines de soldats s'évanouirent, et l'empereur lui-même en fut ému. Enfin, je lui donnai tout ce que j'avais sur moi, excepté mes lunettes et un petit télescope que j'avais réussi à dissimuler.

Ma docilité fit bonne impression sur l'empereur et ses conseillers, et je commençai à espérer qu'ils me rendraient bientôt ma liberté. Les habitants n'avaient plus peur de moi et parfois je m'allongeais par terre et en laissais cinq ou six danser sur ma main. Les enfants jouaient même à cache-cache dans mes cheveux.

Un jour, l'empereur m'offrit un merveilleux divertissement, au cours duquel plusieurs fonctionnaires de haut rang dansèrent sur une corde raide. Car, à Lilliput, où les citoyens ordinaires accomplissent tout le travail, les membres du gouvernement ne sont pas choisis pour leur intelligence ou pour leur personnalité, mais pour leurs talents d'acrobates.

Parfois, l'empereur me demandait de me tenir comme un colosse, les jambes écartées. Puis le général faisait passer ses troupes sous cette arcade. Trois mille fantassins défilaient ainsi, par rangs de vingt-quatre, suivis par trois mille cavaliers par rangs de seize, bannières au vent et piques hautes.

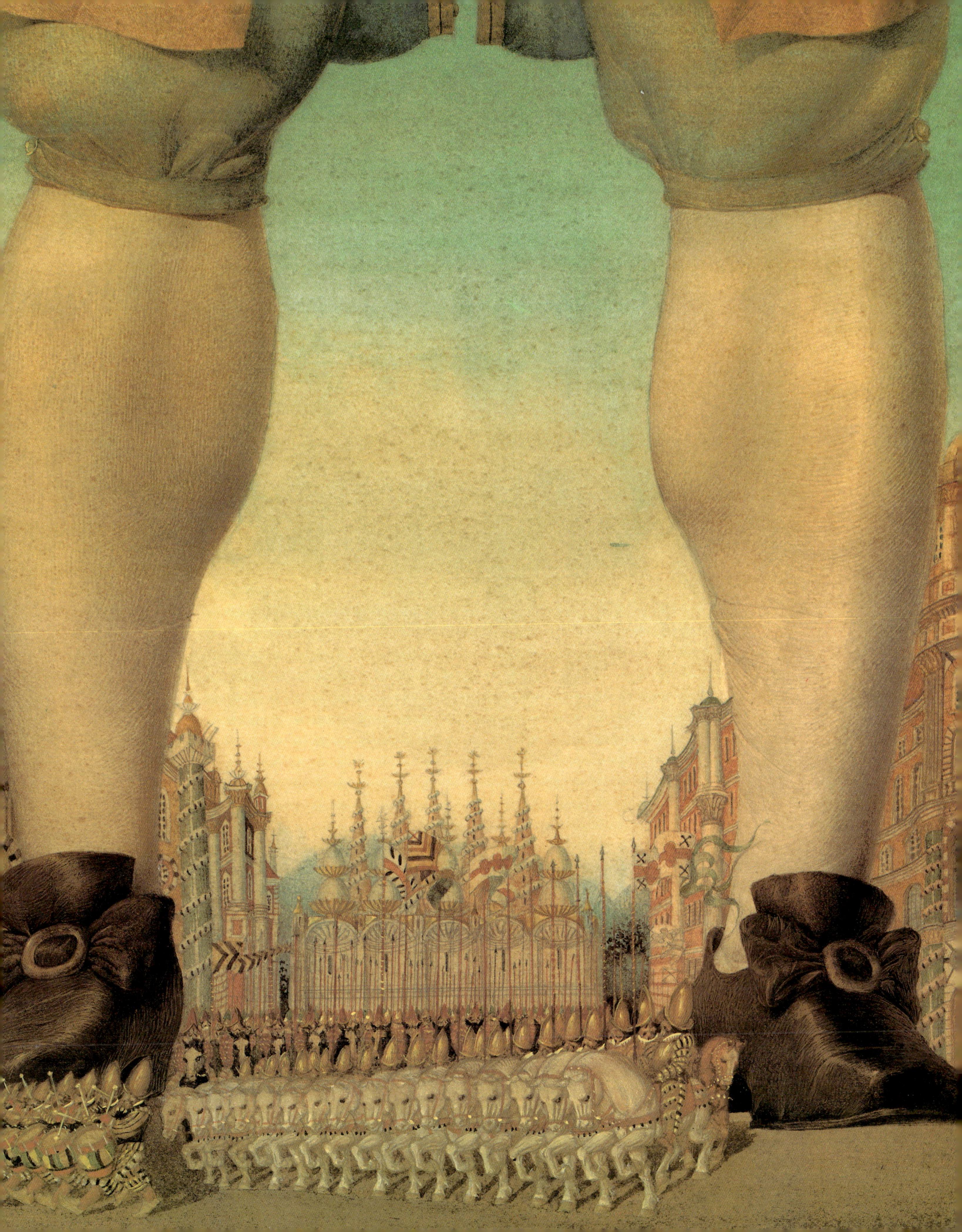

Enfin arriva le jour tant attendu de ma libération ! Elle me fut accordée après un vote du Conseil . Seul l'amiral Bolgolam s'y était opposé. Pourtant, ce fut Bolgolam lui-même qui m'apporta la bonne nouvelle. Il me transmit aussi une lettre officielle me demandant un certain nombre de choses en échange de ma liberté. Premièrement, je devais établir un relevé exact du pays en arpentant ses frontières. Deuxièmement, je ne devais pas quitter le royaume sans la permission de l'empereur. Troisièmement, je serais l'allié de Lilliput contre tous ses ennemis. Je dus prêter serment selon l'usage local, c'est-à-dire en tenant mon pied droit dans ma main gauche et en plaçant le majeur de ma main droite sur le sommet de ma tête et le pouce sur mon oreille.

Je profitai de ma liberté retrouvée pour explorer Mildendo. Bien sûr, je dus veiller à ne pas marcher sur les gens, et à ne pas abîmer leurs maisons. Etendu dans le parc royal, au centre de la ville, je regardai par les fenêtres du palais. L'impératrice, les petits princes et quelques dames de la cour s'étaient réunis dans une pièce somptueuse pour me saluer. L'impératrice passa sa main minuscule par la fenêtre et me la donna à baiser.

Tout se passait si bien que je fus troublé de recevoir, quelques semaines plus tard, la visite inattendue d'un conseiller appelé Reldresal. Il était près de minuit, et Reldresal était visiblement bouleversé.

« Je veux vous informer, me dit-il, que l'empire de Blefuscu, la deuxième grande puissance mondiale, s'apprête à nous envahir. L'empereur demande votre aide.

— Reldresal, répondis-je, je vous prie d'assurer l'empereur que je les défendrai, lui et son pays, au péril de ma vie. »

Très vite, je conçus un plan. J'allais essayer de capturer à moi seul la flotte ennemie. L'île de Blefescu ne se trouvait qu'à quatre cents toises de la côte nord-est de Lilliput. Je m'allongeai derrière une colline et pris mon télescope ; la flotte de Blefescu était à l'ancre dans le port. Je comptai plus de cinquante vaisseaux de guerre et de nombreux navires de transport.

Je commandai qu'on m'apportât cinquante barres de fer que je tordis pour en faire des crochets. Puis j'attachai à chacun d'eux un robuste cordage. Les crochets à la main, je m'avançai dans la mer. Je dus nager quand l'eau se fit plus profonde, mais je repris pied en atteignant la flotte. En me voyant, les matelots furent si épouvantés qu'ils sautèrent à l'eau et nagèrent vers la côte.

Il devait y avoir trente mille petits êtres rassemblés sur le rivage, et beaucoup d'entre eux étaient armés d'arcs et de flèches. En toute hâte, je fixai un crochet à la proue de chaque navire ; mais pendant ce temps, les archers ennemis me criblèrent de milliers de flèches. J'y aurais sans doute perdu la vue si je ne m'étais souvenu des lunettes dissimulées dans ma poche. Je les chaussai sur mon nez et, ainsi protégé, me remis à l'ouvrage. Puis, nouant ensemble tous les cordages, je commençai à tirer. Mais, à ma surprise, pas un seul bateau ne bougea ! Ils étaient retenus par des ancres. A l'aide de mon canif, je dus trancher toutes les amarres, et endurer ainsi de nouvelles blessures. Finalement, je pus remorquer les cinquante vaisseaux de guerre hors du port. A cette vue, les Blefescudiens poussèrent des cris de désespoir ; leur empereur reconnut humblement sa défaite, et renonça à son plan d'invasion.

Pourtant, l'empereur de Lilliput ne voulut pas se contenter de cette victoire. Il me pressa de détruire le reste de la flotte ennemie et de tuer tous ceux qui résisteraient. Pis que cela, il m'ordonna de faire prisonnier l'empereur de Blefescu. Il désirait réduire tous les Blefescudiens en esclavage.

« Oh, non, Votre Majesté, protestai-je. Jamais je ne consentirai à être l'instrument d'un tel projet. C'est un peuple libre et courageux ; vous l'avez vaincu, mais, plutôt que de l'asservir, vous devez maintenant conclure avec lui une paix honorable. »

L'empereur se laissa convaincre. Le traité fut signé, à des conditions avantageuses pour Lilliput, naturellement. Le rôle que j'avais joué dans cette affaire aurait dû me valoir d'être traité en héros. Mais, bien au contraire, je découvris que Flimnap, le trésorier, et l'amiral Bolgolam me considéraient comme un traître, à cause de mon attitude magnanime envers les Blefescudiens !

Pendant quelques semaines, néanmoins, tout continua comme par le passé. L'empereur et sa famille me rendaient fréquemment visite. Ils trouvaient amusant de festoyer à une table placée sur celle où je mangeais moi-même, tandis que la garde royale patrouillait autour d'eux, dans des chars tirés par deux chevaux.

Un soir, très tard, mon ami Reldresal se présenta chez moi. Ce qu'il m'apprit me porta un coup terrible : Bolgolam et Flimnap avaient persuadé Balmuff, le président du tribunal, de me déclarer coupable de haute trahison. Ils réclamaient que je sois mis à mort. Sa Majesté, toutefois, s'y était fermement opposée ; après bien des débats, elle avait pris une décision généreuse et équitable : j'aurais la vie sauve, mais j'étais condamné à avoir les deux yeux crevés par les flèches de vingt soldats !

Le lendemain, cette « généreuse décision » fut proclamée par tout le pays. Dans les trois jours, je devais me livrer à la justice pour subir mon châtiment. Mon ami avait dit vrai. Il n'y avait pas de temps à perdre : je devais quitter Lilliput sur-le-champ.

Je m'emparai d'un des plus gros vaisseaux de guerre pris aux Blefescudiens ; j'y déposai mes souliers, mes vêtements bien pliés et mes couvertures. Puis, tirant le navire derrière moi comme un jouet d'enfant, je me dirigeai à la nage vers le port de Blefescu. Ignorant tout de ma disgrâce, l'empereur blefescudien crut que je lui rendais une visite de politesse. Il me pria de rester aussi longtemps que je le voudrais, et m'autorisa à explorer son royaume à ma guise.

Peu de temps après, comme je marchais seul le long de la côte, je vis quelque chose flottant sur la mer, non loin du rivage. Je tirai l'objet à moi et le retournai ; c'était une chaloupe de taille normale et en parfait état ! Elle était sans doute tombée de quelque gros navire. Je fabriquai des avirons rudimentaires et je rentrai au port de Blefescu dans mon embarcation.

Les Blefescudiens ignoraient toujours que je m'étais évadé de Lilliput. Cela me parut étrange, mais j'appris par la suite que l'empereur lilliputien pensait simplement que je reviendrais dans les trois jours pour subir

ma punition. Le délai écoulé, il dépêcha un messager à l'empereur de Blefescu, le sommant de me renvoyer. Le monarque, comprenant enfin ma situation, promit qu'il me protégerait.

Mais j'avais appris à ne plus faire confiance aux souverains, et décidai de partir dans la chaloupe que j'avais trouvée.

J'effectuai mes préparatifs à la hâte. En plus de mes provisions, j'embarquai six vaches vivantes, quatre taureaux, et un nombre égal de béliers et de brebis, ainsi que du foin. J'envisageais de faire l'élevage de ces animaux dans mon pays — si je parvenais à le regagner.

Le 24 septembre 1701, je mis à la voile. Le temps était clair et je fis route dans ce que je pensais être la direction de la Terre de Van Diemen. Je ne vis aucune terre ce jour-là, mais, le lendemain, vers trois heures de l'après-midi, j'aperçus un navire dans le lointain ! Je hurlai, j'agitai les bras, mais en vain. Je mis alors toutes voiles dehors,et finis par rattraper le vaisseau. A mon approche, l'équipage hissa le pavillon. Mon cœur se mit à battre quand je découvris le drapeau britannique ! Rien ne saurait exprimer la joie que je ressentis en comprenant que je serais bientôt de retour auprès des miens.

Le vaisseau qui m'avait recueilli était un navire marchand anglais, qui revenait du Japon. Le capitaine était un homme fort agréable — mais quand je voulus lui conter mes aventures, il crut visiblement que les épreuves que j'avais endurées m'avaient rendu fou. Je fus obligé de sortir de mes poches les vaches et les moutons minuscules pour le convaincre que je disais la vérité.

Gulliver rentra chez lui le 13 avril 1702. Il gagna une fortune considérable en montrant son bétail lilliputien, et put acheter une belle maison pour sa famille. Cependant, au bout de deux mois, son goût des voyages le poussa à reprendre la mer. Il embarqua sur *L'Aventure*, un vaisseau de commerce en partance pour les mers du Sud. Mais cela est une autre histoire...

GENNADY SPIRIN

L'histoire

Cet ouvrage a été conçu comme une introduction à l'un des plus éblouissants chefs-d'œuvre de la littérature anglaise, à l'intention des jeunes lecteurs. Nous souhaitons vivement que cette version considérablement abrégée leur inspire l'envie, d'ici quelques années, de découvrir le livre dans son intégralité. Nous avons pris soin, en préparant ce texte, de respecter le style de l'époque et, dans la mesure du possible, les termes utilisés dans le récit original ; toutefois, il a fallu omettre beaucoup de scènes amusantes, parfois même hilarantes, que nos petits lecteurs apprécieront plus tard. Dans l'œuvre originale, intitulée *Les Voyages de Gulliver*, le héros ne visite pas seulement Lilliput, mais aussi Brobdingnag (le pays des géants), Laputa, Glubbdubdrub (l'île des sorciers), et enfin le pays des Houyhnhnms, une race de chevaux nobles et intelligents, ayant pour serviteurs des créatures à l'aspect humain, les Yahoos. Swift avait voulu écrire une vigoureuse satire politique, et ses contemporains ne s'y trompèrent pas ; ils n'eurent aucun mal à reconnaître les membres du gouvernement et de l'Eglise britanniques dans ses personnages grotesques. Mais, si cette œuvre garde encore tout son attrait aujourd'hui, elle le doit à l'imagination débordante de l'auteur, à son humour, à l'originalité de son style. Gulliver est Jonathan Swift, certes, mais il est aussi chacun de nous ; intelligent, curieux, idéaliste, il est souvent choqué par le comportement stupide des êtres qu'il rencontre dans ses voyages, mais reste confiant en l'avenir, et toujours prêt à s'embarquer vers de nouvelles aventures.

L'auteur

Né en Irlande de parents anglais, en 1667, Jonathan Swift fit ses études au Trinity College de Dublin. Après avoir travaillé plusieurs années à Londres en qualité de secrétaire d'un diplomate, il choisit de se faire prêtre de l'Eglise protestante, sans cesser pour autant de s'intéresser à la politique. En 1713, il fut nommé doyen de la cathédrale St. Patrick, à Dublin, et n'en continua pas moins à rédiger de violents pamphlets sur les problèmes sociaux de l'époque. *Les Voyages de Gulliver* furent publiés en 1726. Swift mourut en 1742.

L'illustrateur

Gennady Spirin est né près de Moscou en 1948 ; il est diplômé de l'Ecole des beaux-arts de Strogonov. Ses superbes illustrations, minutieusement exécutées au crayon et à l'aquarelle, lui ont valu une réputation internationale et de nombreuses récompenses. *Les Voyages de Gulliver* étaient dans son enfance son livre préféré et, en illustrant ce récit, il a réalisé un rêve qu'il chérissait depuis longtemps.